رواية

زَرِيْبشة

أقدم مهنة في التاريخ

د. جُمان الريحاني

إهداء..

إهداء إلى البراءة والعفة والشرف

إهداء إلى الأرواح التي سلبت حق الحياة
بسبب أو بآخر

بعذر أو بآخر

إهداء إلى كل مظلوم والى كل من يبحث عن
حقه بشكل أو بآخر

إهداء إلى الجمال والأنوثة

إهداء إلى كل امرأة

إلى كل أنثى

إهداء إلى كل القصص الحقيقية التي لم
نسمع عنها شيئا والى كل القصص الخيالية
التي تنصر الحق

جمان الريحاني

كان يا ما كان

كان يا ما كان في قديم الزمان في بلاد الشرق، هناك في الشرق الجميل حيث تولد القصص والحكايات، حيث كانت تنشأ العلاقات بين مختلف الفئات...

هناك حيث كان الجَمال والتجارة والمال والعراقة للقصص كقديم الجبال قصص نحتت على الصخور وتدفقت مع أعين المال تفرعت إلى انهار وشلالات...

قصص وروايات تناقلها الناس وانتقلت في القوافل وعلى ظهور الجمال لتصل إلى ابعد البلدان وتتفوق على المسافة وتعبر الحدود...

قصص من الحزينة والأليمة ومنها البسيطة والمرحة، منها الحقيقية ومنها ما زادتها سهرات القوافل من أبواب وفصول..

ولكن ورغم كل الخلق الجديد في القصص والحكايات إلا أنها انطلقت من نقطة رئيسية هي الحقيقة وتم بناء بقية التفاصيل الفرعية على تلك الحقيقة التي وبالرغم من انه تحيط بها الكثير من الخرافات إلا أنها مازالت تحافظ على حقيقتها والتي هي أنها حقيقة.

مثلما خلق أول إنسان وعرف أسماء الأشياء حيث علمه إياه خالقه وربه الذي يعلم كل شيء، وهكذا انطلقت الحياة وكثر البشر وتفرعت الأعمال والمهن وخلقت مهن وأعمال منها ما كانت لخدمة الرب ومنها ما تم خلقها على أيدي الشر وهي أعمال لا تظهر سيئة في داخلها وان بحث الشخص عن دوافعها ولكن النوايا هنا لا تخدم الحياء العام.

هناك مهن هي من تختار ممتهنيها وهناك أشخاص هم من يختارون طريقهم التي يمشون عليها.

هناك مهن تتوارث عبر أجيال وتنفرد بها عائلات قد تعتز بها أو تفتخر بأنها أصيلة فيهم أو قد يرون بأنهم هم الأجدر بها.

وبين المهن والمهن تولد مهن أخرى، مهن يتم إرضاعها للصغار ومهن يجبر على امتهانها الأولاد والبنات ومهن الحب لها هو من يجذب لها من يمتهنها، وفي الأول والأخير انه قدر مثل الطعام والشراب ولقمة العيش وكمية الرزق هي الشخصيات والمهن والأعمال.

وكل مسير لما خلق له، ولكن كل إنسان يوضع أمام الاختيار وغالبا ما يقف في مفترق الطرق وقد تعلم في السابق ما هو صواب وما هو خاطئ فيختار ما يرى

بأنه يليق بحياته وأسلوب عيشه سواء توافق ذلك مع معتقداته أو كان يسير عكس التيار.

قد يقع الشخص في الاختيار السيئ ولكن هنا يأتي دور الضمير لكي يعيد نظرته للأمور ويراجع أسلوب حياته فإن أنبه ضميره فسوف يعيد النظر في طريقته وأسلوبه، وإن وجد بأنه يخطئ في حق الآخرين أو حتى في حق نفسه فسوف يؤنبه ضميره الحي وهنا يظهر الفرق بين أصحاب الضمير الحي وأموات القلوب.

وبالرغم من أن الإنسان يحاول الفوز بكل ما يرغب به وبالرغم من أنه أحيانا يبذل الجهد الكافي وأحيانه اقل أو أكثر من ذلك إلا أن القدر يلعب دورا كبيرا في خط سير حياة كل شخص.

قد يحاول من يعتقد بأنه يستطيع التحكم بحياته أو من يعتقد بأنه يفهم لعبة القدر أن يعاكسها أو يعكسها لصالحه عندما يرى بأنها تسير لغير ذلك ولكن هل

ينجح في ذلك أم أنها مجرد محاولة شجاعة أو جبانة منه.

لكل مهنة أصل وحكاية ولكل حكاية فصول ورواية، ولكل رواية راوية تسافر عبر الزمان لتحكي الرواية.

زرَيْشَة

زرَيْشَة هي ابنة الصحراء في الشرق الجميل حيث كان كل شيء جميل، حيث الجو اللطيف رغم النسيم الساخن، ولكن منظر الرمال الذهبية وهي تلمع تحت أشعة الشمس الجذابة لها رونق بديع.

والاختباء داخل الخيام وقت الظهر هو أمر شائع ويمكنك استراق النظر إلى الضباب الذي تظن أنك تراه، يمكنك أن ترى هناك في البعيد كيف أن الرؤية يبدو متموجة في الهواء وهذا بفعل الحرارة.

يمكنك أن تبلل رأسك بماء النبع أو مياه الآبار أو مياه الأمطار المتحجرة والتي يمكن للناس الاستفادة منها قبل أن تتبخر بفعل الحرارة.

فهي نهارا تسكب الحرارة فتصبح ساخنة وعلى العكس تماما في الليل حيث يمنحها الهواء البارد برودة لدرجة انك لا تفتقد الثلاجة إن عدت من هذا الزمن إلى ذلك الزمان.

تتميز مياه الصهاريج التي تم حفرها لتخزين مياه الأمطار بالبرودة لأنها يتم حفرها في الأرض وتترك مفتوحة حين تتساقط الأمطار ثم تتم تغطيتها بالقصدير بعد امتلاءها أو توقف هطول المطر.

ويكون هناك دائما مكان حيث يمكن اخذ الماء منه عند الحاجة بواسطة برميل وحبل مربوط في الأعلى.

ولم تكن الحشرات التي توجد بالمياه تجعل الناس يعرضون عن شربها بل هم يتجاهلون وجودها ويتحاشون بلعها.

إنها حشرات صغيرة تعيش في هذه الصهاريج، تسبح في المياه، لها رأس وذيل، صغيرة ولكنها مرئية بالعين المجردة.

وأحيانا تكون في المياه بعض الأتربة ولكنها لا تعتبر شيئا.

المهم هو وجود المياه وتوفرها فالماء هو الحياة، ولا حياة بلا ماء وعندما تتساقط الأمطار والتي لم تكن توجد بكثرة إلا أن تساقطها يعني الخير القادم والفأل الحسن.

زَرَيْشَة هي ابنة الصحراء ولم تعرف لها أما أو أبا أو أهلا غير تلك الصحراء، زَرَيْشَة هي في العقد الثاني من العمر، بين العشرين والثلاثين سنة، وهي المسئولة عن لقمة عيشها هي ومن معها.

حياة زرَيْشَة

تعيش في خيمة لها بابان، من الطبيعي أن يكون للخيمة بابان ولكن بابي خيمة زَرَيْشَة لا يتم غلقهما أبدا، لها باب أمامي وعليه رداء مصنوع من الصوف وشعر الماعز (يسمى الفلجة).

منسوخ ويغلب عليه اللون الأحمر فقد كانت تمتلك قطعة قماش حمراء فأخاطتها عليه.

وكان هذا هو الباب الرئيسي والذي يتم من خلاله الدخول إلى الخيمة ولكن زَرَيْشَة كانت تفتح كلا البابين

وهذا معروف عن بيتها (خيمتها) أن له بابان مفتوحان على الدوام.

بالنسبة لها إن البابين كانا يساعدان بعضهما للمحافظة على التيار الهوائي وتهوية الخيمة رغم أن إسدال الباب يرد الهواء الساخن(الشهيلي).

وهذا ما كانت زَرَيْشَة تقوم بإسدال ستائر حمراء خفيفة تمنع القليل من الهواء الساخن من الدخول وتشع في داخل الخيمة بجو رومانسي حين تمتزج أشعة الشمس الصفراء مع الظل الأحمر الذي ينبعث مع الستائر إلى الداخل.

وكانت تقوم برش الماء على التراب على الأرض فيرطب الجو وتكرر عملية رش الماء أكثر من مرة خاصة خلال القيلولة.

وكانت تعلق أمام الباب من الداخل قربة ماء، على حَمَّارَة ثلاثة أعمدة مغروسة في الأرض ومربوطة معا في الأعلى، والقربة هي جلد ماعز يكون منظفا

ومحافظا عليه من أجل أن يصبح قربة ويوضع بداخله مادة(يتم استخلاصها من العرعار) تلقب بالعسل الأسود "القطران" تعطيه رائحة زكية وتعطي الماء طعما رائعا خاصة عندما يكون الماء بارد ويبرد الماء أحيانا برش القربة بالماء وهي تحافظ على البرودة من نفسها.

يعيش مع زَرَيْشَة في خيمتها أو بالأخرى يعيش عندها
ولد اسمع المعطار، كان هذا الولد فقير عندما عثرت
عليه زَرَيْشَة أو بالأخرى عندما لاحظته هناك في
الصحراء حيث تعيش وهو ابن 12 من عمره.

كان الولد فقير يعيش مع والده وعندما مات تركه
مرمي في الصحراء طفل فقير أعرج فقد كان أعرجا
لأن رجله اليسرى كانت قصيرة بعض الشيء بالنسبة
لرجله اليمنى.

كان الولد معدما لذا رأى بعض الرجال في القبيلة انه يصلح للرعي لكي يرعى بعض الأغنام ويرافق الرعاة مقابل لقمة العيش.

عندما لاحظته زَرَيْشَة التي كانت تعمل عملا شاقا، لم يكن العمل بحد ذاته هو الشاق بل السعي وراء الزبائن ما كان يشق عليها لأنهما كانت تجذب الأنظار كلما خرجت من خيمتها بجمالها وأناقتها وكانت فعلا امرأة فريدة في كل القبيلة ملفتة للنظر بشكل قاتل حاد.

كانت جذابة لماعة لها ألوان زاهية ليست كباقي النساء وكان يظهر من جسمها ما لا يظهر حتى من الأطفال الصغار، كانت جميلة رائعة تلتفت النظر أينما ذهبت ويمكن سماع صوت خلخالها و أساورها من على بعد أميال وأميال.

ويمكن للسامع أن يوقن بأنها زَرَيْشَة تتمايل مع تلك الأصوات تمشي بخفة ورشاقة وجاذبية وبهاء.

من الأمور التي كانت تشق على زَرَيْشَة هي حين ينقطع عنها الرجال ولا يترددون على خيمتها، وقد كانوا يفعلون ذلك بين الحين والأخر ينشغلون بزفاف أو ولادة ذكر لأحدهم أو غيرها من المناسبات.

لم ينقطعوا عنها بالفعل ولكنهم لم يكونوا يترددون كما في السابق فكانت تحتاج في تلك الفترات لمن يجلب لها الماء أو الطعام أو غيرها من الزاد.

وهي تعلم بأن خروجها من الخيمة فيه جلبة كبيرة وأحيانا هي لا تشعر بالراحة لقيامها بالأعمال الشاقة، كما أنها تضطر للخروج أحيانا لكي تنادي على أي من الرجال لحاجتها لأمر ما وهذا يصعب عليها كثيرا.

لذا ومن أجل الكثير من الأسباب جذب نظرها الولد المعطار الذي لم يكن له آهل ولا أحد يعيره أي اهتمام بل حتى أنها كانت تراه أحيانا يأخذ من الخبز اليابس الذي تأكله الأغنام والذي لم يكن صالحا للاستهلاك البشري لكي يأكل منه ويسد جوعه.

فخطرت لها فكرة ونادت عليه عندما لاحظت انه قريب من خيمتان ليس بشكل كبير ولكن يمكنه سماعها حين تناديه.

فنادته وعندما انتبه شعر بالإحراج ولكنها أظهرت له طبقا من الطعام وقطعة خبز طازجة.

مهنة زَرَيْشَة

من عادة زَرَيْشَة أن تتحين الفرص وتنادي الرجال حين يمرون بخيمتها لقد كانت خيمتها بعيدة بعض الشيء عن القبيلة وفي جهة لوحدها ولكنها كانت في الجهة الشرقية وهذا كان من حظها لأن هذه الجهة كانت بمثابة المخرج من القبيلة.

يخرج من الفرسان ويخرج منه التجار في القوافل ويخرج منه أيضا الرعاة مع الغنم كل صباح.

فكانت تقف على باب خيمتها وتترصد من تريد أن تناديه وعندما تراه قريبا يمر بالخيمة تخرج القليل من

ساقها وترن له خلخالها فيسمعا وعندما يرفع بنظره إلى منبع الصوت ومصدره يرى ما يجذب انتباهه ويسلب كيانه فيتبع غريزته ليجد نفسه في أحضان زَرَيْشَة.

وكلما قامت زريشة بهذه اللقطة لا يفلت منها قائد ولا فارس ولا شيخ قبيلة حتى فهي تحافظ على سحرها وجمالها وقد كانت لها بشرة بيضاء حليبية ناعمة حريرية وشفاه ممتلئة وردية وعيون واسعة عسلية وخصلات شعر ليلية ورموش طويلة ملوية

لها نهود واقفة مبنية، ونحر طويل بقلادة ذهبية، وأذنان جذابتان كأنهما مغارتان سرية، لها خدود مرفوعة مروية كأنها أنصاف تفاح جنية.

لها خصر صغير بانحناءات ربانية، لم يفسده حمل ولا ولادات عسيرية، لها أرداف دهنية ومؤخرة تعبث بالأفكار الذهنية.

لها ساقان طويلان نحيلان حين اللزوم قويان ومليئان أمام ركبتيها الوردية، لقد كانت امرأة خيالية ولم يشهد كل رجال القبيلة لها مثيلة عربية او هندية.

تنبعث منها العطورات والروائح العربية، مزيج من الإعشاب والأزهار البرية، كانت تأتيها العطورات هدايا فكانت في مرتبة نساء الأثرياء والوجهاء.

زرَيْشَة آلهة الجمال

كانت نساء القبيلة يمتزن بالسمار واللون الأسمر إلى الداكن، كن ممتلئات قصيرات بدينات قليلا،وان امتازت إحداهن بالرشاقة أصبحت توصف بالنحيلة واختفت منها كل صفات الأنوثة.

فكانت زَرَيْشَة كأنها آلهة أو ربة الجمال في تلك القبيلة وكان صيتها ذائع حتى في المناطق القريبة منها والفضل في ذلك يعود للتجار والذين يقصدون القبيلة لأجل التجارة أكثر شيء.

كان للتجار مقصدان حين ينزلون بقبيلة بني سعد التجارة وزيارة ربة الجمال زَرَيْشَة.

رغم أن مهنتها كانت أن يقصد بيتها الرجال ولكنها كانت في الأول والأخير إنسانة ولها الحق في الحياة مثلها مثل غيرها، لذا كان قرار شيخ القبيلة بأن تعيش على مشارف القبيلة ولم يرد أن يطردها عندما ثارت عليها بعض نساء القبيلة لأن أزواجهن يترددن على خيمة زَرَيْشَة.

والأمر الذي ساعدها على البقاء في تلك القبيلة هو ما تجلبه لها من تجار.

فقد كان التجار يتهايلون على القبيلة وفيهم من يأتي لأجل زَرَيْشَة وما يذاع عن جمالها وليس لأجل التجارة حقا.

لقد كانت مكسبا للقبيلة وكانت تحقق لها المكاسب.

كان هذا أسلوب حياة زَرَيْثَة التي كان يعشقها الرجال وينافسون في إعطاءها الهدايا لنيل حبها أو الحصول على عطفها والجلوس في ريحها.

أخ لم تلده أمك

عندما انتبه ذلك الولد المعطار لِزَرَيْشَة تناديه من باب خيمتها وقد كان صغيرا ولكنه سمع عنها وعن جمالها الكثير ولم يكن يفهم ما كان يسمعه، في بداية الأمر خاف منها وعندما رأى الطعام شعر بالأمان قليلا فتقد إليها.

لم يكن يرعى لوحده بل كان يخرج مع بقية الرعاة وإنما هو في الخلف من حيث خروجهم من القبيلة.

كان هناك الكثير من الأطفال في مهنة الرعي، عندما انتبه الأطفال لذلك الولد الأعرج يتجه نحو خيمة

زَرَيْشَة حذروه من الذهاب إليها رغم أنهم لم يكونوا يتلكمون معه كثيرا ولا يسمحون له بمشاركتهم الطعام ولا الكلام.

علم الولد بأنهم فقد يحاولون تخويفه أو حتى انه خطر بباله أنهم يغارون منه لأنه سوف يحظى برؤية زَرَيْشَة التي اختارته من بينهم وناجته ولم تقم بمناداة أي أحد منهم.

وخطرت بباله فكرة أخرى وهي أنهم يغارون منه ويحسدونه فسوف يحصل على وجبة الطعام تلك.

لم يستمع لكلام الأطفال الحاقدين وكلما حذروه زاد سرعته باتجاه الخيمة حتى وصل وهو خائف في الحقيقة.

ولكم الخوف تلاشى عندما رأى وجهها المليح، شعر بالأمان بنبع من ذلك الوجه الصبوح وهي تبتسم وتكشف عن أسنانها اللؤلئية وكأنها من عاج يلمع.

ضحكت له وأخبره أن لا يخاف طلبت منه الدخول قليلا ووضعت له الطعام على الأرض وطلبت منه أن يأكل حتى يشبع.

كان الطفل يرتجف وأخبرها بأن سيده سوف يغضب منه لأنه تخلف عن الرعاة وترك الأغنام لوحدها.

طلبت منه زريشة أن لا يخاف وأخبرته بأنها سوف تكلم سيده من أجله.

اطمأن الطفل وأكل حتى شبع، ولم يكن قد شبع في حياته كما شبع هذه المرة فأعطته كاس حليب وأعطته بعض التمر.

لقد أشفقت عليه زَرَيْشَة رغم أنها كانت لديها خطة له ولكنها لم تكن خطة ضد صالحه بل هي خطة ولكن بالمقابل طبعا.

وهكذا لم تكشف زَرَيْشَة عن خطتها على الفور بل أطلقت سراحه بعد أن شبع ثم أخبرته بأنها سوف تقدم له الطعام في الغد وان يزورها مساء بعد أن يعد من

الرعي وأخبرته بأنه إن كان مطيعا سوف تقدم له الطعام كل يوم.

وهكذا في المرة التالية طلبت منه زَرَيْشَة أن يأتيه ببعض الماء فلم يرفض ذلك بل أسرع لفعل ذلك وأعطته الطعام بعد ذلك لقد كان الطفل سعيدا وهو يحمل الماء إليها وكان اكر سعادة وهو يتناول الطعام.

أخبرته زَرَيْشَة بأن يقصد خيمتها كلما شعر بالجوع وان لا يخاف أبدا وعندما لاحظت انه أصبح يرفع بنظره إليها وقد كان دائما الخوف ذلولا فعلى ما يبدو كان يتلقى الضرب من الكبار، سواء عندما كان مع والده أو حتى بعد والته وامتهانه الرعي.

كان طفلا أسمرا جدا هزيلا نحيل الجسد فقيرا أعرجا وله حدبة في كتفه الأيمن، له شعر ناعم وعيون سوداء وأسنان معوجة صفراء.

ولكن الميزة الكبيرة في ذلك الطفل هو انه لم يكن له أهل ولا عائلة، لقد كان تقريبا مثل زَرَيْشَة وحيد وبلا

عائلة ولكن هي راشدة ولها خيمة جميلة ومهنة تعيش بفضلها حياة هي تصفها بالكريمة.

قررت زَرَيْشَة أن تخطو الخطوة الثانية في خطتها بعد أن تمكنت كسب ثقة الولد المعطار وبعد مرور عدة أيام رغم أنها تكسب ثقة الرجالة بنظرة واحدة ولكنه كان كفلا صغيرا خائفا ولم يعهد المعاملة بحنية فكانت حتى الأمور الجميلة واللطيفة تثير الرعب فيه.

فتحينت الفرصة وبعد أن سدت جوعه كالعادة وأشبعته بأنواع الطعام التي لم يكن يعرف أسماءها ولا مما هي مصنوعة، وبعد أن أعطته من الفواكه ما لم تره عيناه سابقا طلبت منه البقاء عندها ليس للمبيت فقط بل طلبت منه العيش عندها.

خاف في البداية وكان خوفه ممزوجا بالفرح ولكنه الخوف ما كان يطغى عليه رغم أن الفرح كان يقفز وينط من عينيه.

اعتقد بأنه سوف يفقد عمله عند سيده، وقد كان يعيش من الرعي، يرعى لكي يأكل ويمتلك مكانا للمبيت مع الخدم وأحيانا في الزريبة، كان مكان مبيته قذرا متسخا، وباردا في الليالي الشتوية، تطغى عليه فضلات الحيوانات والوحل عندما يتساقط المطر، وبرائحة نفاثة عندما يكون الجو حارا.

ولكن زَرَيْشَة أخبرته بأن يترك العمل الذي هو يقوم به وان يأتي ليعيش معها هنا إلى الأبد، يأكل ويحرس البيت ويحضر لها الماء عندما تحتاج وما كان أكثر أهمية بالنسبة إليها هو أن ينادي لها الرجال حين تحتاج أحدا.

لأنها عندما يغيبون ولول لفترة قصيرة فإنها تصبح في حاجة لمن يساعدها في جلب الماء أحيانا أو مناداة أحد ما.

فرح المعطار كثير لسماع هذا الكلام اللطيف منها وقد قرر البقاء عندها بدون أي تفكير.

لم يعد إلى سيده ولا إلى رعي الأغنام ثانية ومنذ تلك اللحظة أصبح في حمى ورعاية زَرَيْشَة.

كانت زَرَيْشَة كريمة وحنونة وتعرف كيف تعامل الإنسان على انه إنسان وتعرف الفرق بين طفل ورجل وشيخ، عاملت الطفل بكل ود وكان هو يسرع بعمل كلما تحتاجه دون أن يتعب أو يشعر بالملل.

كان يرتدي رداء ممزقا فسألت زَرَيْشَة أحد الرجال بعض الثياب التي كانت زيادة عن حاجته فأعطاها ثوبا وسروالا، قامت زَرَيْشَة بتعديل حجمها من أجل المعطار لكي تناسبه وهكذا رزق بملابس جديدة، سعد بها سعادة غامرة.

أسلوب زُرَيْشَة وأناقتها

أما بالنسبة لِزُرَيْشَة فبالإضافة إلى جمالها ورتابتها ونظافة بيتها وأناقة خيمتها المليئة بالستائر الحريرية والتي تنبعث منها الروائح والعطور المغرية، كانت لا يرفض لها طلب لو مهما كان طلبها فقد كانت مجابة الطلبات محققة الرغبات ربة الجمال.

كان زُرَيْشَة شهرة بثوبها الأحمر الحرير، كانت هي من تصمم ثيابها ولا تحب المخيط كثيرا بل كانت لها

طريقتها في التعامل مع الأقمشة الفاخرة التي يهديها لها كبار التجار بكرم وسخاء.

غالبا ما ترتدي فستانها الأحمر فقد كانت تحب الحرير الأحمر ومظهره على جسدها، له ملمس ناعم لا يفرق عن نعومة جلدها، كان الفستان يقترب ويبتعد، يتحرك ويرتعد.

في الحقيقة أن الفستان كان قطعة قماش طويلة حوالي 6 أمتار ونصف بعرض متر ونصف، فقامت زَرَيْشَة بقص القماش إلى قسمين، ثم كانت تضع كل قطعة على ذراع وتجمعه بشرائط حريرية بألوان وردية وتدعها لكي تنساب على جسدها من الخلف.

كانت تجعل القسمين فوق بعضهما بشكل مخالف وتمده جيدا على خصرها ومؤخرتها وتجمع الكشكشة على الجانبين، أما من الأمام فقد كانت تدعى القماش حرا لينزل بكل رشاقته وانسيابيته على صدرها ثم حصرها إلى الأرض.

وكانت تضع حزاما ليجمع الأجزاء مع بعضها فكان الفستان مفتوحا على ثلاثة جوانب من اليمين واليسار ومن الأمام وعندما تتحرك بأناقة يظهر من جسدها الكثير، يظهر حتى ما لا يجب ظهوره للعلن هكذا ولكنها كانت زَرَيْشَة بأناقتها وأسلوبها بجمالها وجاذبيتها وبطريقتها الفريدة في الحياة.

قصيدة فستان الأحمر

صاحبة الفستان الأحمر

يا صاحبة الفستان الأحمر

مال للهواء به يتمايل

من الأفجار حتى المغارب

وكل من يراني عندك قال عني أني افجر

العيون لكي تترقب

والقلب فيك مع الجوارح يرغب

وأنا مسكين من بني يعرب

يا فاتنة الزمان الأغبر

جئتك أتحايل

والقلب مع خلخالك يتمايل

ها قد جعلتني لك أذعن

كيف لا وأنت جنية بني الإنس

أنت عزيزة بني الألعن

يا سيدة كل جاهل ارعن

وخادمة أصحاب المنن

زرَيْشَة والإنجاب

و هكذا أصبح لزَرَيْشَة رفيق سكن يعيش في غرفة المطبخ، أو رجل بيت يقف أمام الخيمة ويقوم بالأعمال الشاقة عليها كحمل الماء مع أنها كانت الخيمة الوحيدة في كل القبيلة التي لا يخلو بيتها من الماء لأن كل سيد يقصد خيمتها يجعل خدمه يحضرون لها حاجتها وما يزيد عليها من المياه العذبة والغدير لكي تطبخ أو تشرب أو حتى ترش خيمتها الجذابة.

وربما كان المعطار بمثابة الخادم لديها فقد انتشلته من البؤس والفقر واليتم لكي يعيش في دلالها ولكي تغدق عليها بما يكرمها به الحياة من نعم وسعادة تجلبها لها كبار الرجال وأثراهم.

لم تكن زَرَيْشَة تصلح للزواج ولم يكن هناك أحد لا تحكمه القبيلة أو الأهل لكي يتزوجها إن وقع في حبها رغم أن كل الرجال الذين دخلوا خيمتها أقسموا أنهم وقعوا في حبها وقعوا في غرام جمالها وجاذبيتها وأناقة مظهرها ولباقة كلامها.

ولكن كل شخص تعرفت عليه كانت هناك قوانين تحكمه إلا هي التي كانت لا تعرف للقوانين قانونا كانت حرة كعصفور يغرد كل صباح ليجعل اليوم أكثر جمالا، عصفور جميل يبث الجمال ولا نية له بالبقاء خالدا أو بالتملك لأي شيء، يكفيه هواء في رئتيه وصوت يغني به، وطعام يسد جوعه.

لم تحاول زَرَيْشَة الإنجاب يوما ولم تكن تصلح
للإنجاب فلو كان ذلك ممكنا لكانت ربما أنجبت من
رجل أغرمت به، فقد مر بخيمتها رجال بادلتهم الحب
وليس فقط شاركتهم الفراش.

كانت مسألة الإنجاب خارجة عن إرادتها، فبالرغم من
أنها كانت محرومة منها إلا أن هذا الحرمان قد حافظ
لها على جسدها وتناسقه لمدة أطول من النساء
الأخريات فقد كانت ترى نساء صغيرات السن ولهن
أطفال أكثر من 3 او4 أطفال وتبدو هرمة وكأنها تبدو
جدتها مقارنة بها.

وقد كانت ترى الأطفال في القبيلة يلعبون منها النظيف
والمتسخ القوي والضعيف وقد كانوا يعجبونها حيث
يمشون كالقطعان، مجموعات وفرق فكل مجموعة
كانت من أب واحد رغم اختلاف الأمهات، أو ينتمون
لجد واجد وكأنهم عائلات صغيرة، وقد كانوا بالفعل
كذلك.

كانت الأمهات تحرص على أن يترافق أطفالهن مع بعضهم البعض لكي يكونا لبعضهم درع حماية من أي خطر كان.

كانت تعجب بهم رغم قلة نظافتهم وقد كانوا يتجولون أحيانا نصف عراة، ورغم كثرة عددهم إلا أنهم كانوا يبثون روح المرح والتسلية.

كانت هناك بعض العائلات التي تنجب الفتيات ولكن الأغلب هو إنجاب الذكور فإنجاب فتاة في ذلك العصر كان عار ومدعاة للشؤم والحزن.

كانت النساء يتسابقن لإنجاب الذكور، يعلق التمائم من أجل ذلك، وقد يتم طلاق إحداهن إن عرف بأنها أنجبت فتاة وهناك من يئد المولودة ومنهم من يقدم حتى على قتل زوجته لأنه يعتبر بأن هذه الزوجة خائنة لأنه لا يمكن أن يكون والد هذه المصيبة ولا صانعها فهي (الزوجة) تريد أن تلحق به العار أو تريد أن تفضحه بين الناس لذا أنجبت فتاة.

أما بالنسبة لِزَرَيْشَة فقد كان يكسر قلبها عندما تسمع النواح والصياح فتعلم بأن زوجة فلان أو فلان قد أنجبت فتاة وقرر زوجها أن يتخلص من المولودة.

وأد البنات

كان الرجال الذين يريدون التخلص من البنات يأخذون الفتاة من تحت أمها وقبل أن يتم تنظيفها ويمشي بها بعيدا فيمر بخيمة زَرَيْشَة وهو يلعن حظه الذي أعطاه زوجة لا تصلح للإنجاب بل زوجة قللت من شانه بين الناس.

يمشي ويتجاوز بيت زَرَيْشَة التي كانت تسمع صرخات الرضيعات بغرغرة وكأنها تلفظ أنفاسها وبعد مدة من السير يصل إلى سفح جبل الصبايا ويحفر حفرة صغيرة لا تتجاوز 30سم أحيانا ويضع الفتاة ويكبس

عليها بعمامته لأنه لم يعد رجلا فزوجته قد قامت بتعرية رأسه أمام الناس ويضع جزءا منها في فم الفتاة ويعيد عليها التراب حتى تختفي ويختفي صوتها.

وفي طريق عودته وان صادف المعطار خارج خيمة زَرَيْشَة فهو أحيانا ينام خارجا وخاصة إن كان الجو حارا، فيضربه برجله ويقول له فلتذهب إلى الجحيم أنت وسيدتك التي جلبة لعنة على القبيلة فكل فتاة سوف تصبح زَرَيْشَة يوما وتجلب العار لنا.

لم يكن بالطبع كل الرجال يمتلكون عقلا صغيرا أو خشنا، متحجرا او يابسا ولكن كان هناك الكثيرون الذين يفعلون ذلك.

الجهل الأعمى

من بين كل الرجال كان هذا الرجل سلطان والذي لم يولد له ذكر أبدا، لقد كان رجلا عريض المنكبين كبير الرأس صفير العقل، حيوانا من حيث تصرفاته لا يجيد شيئا إلا أن يملأ المكان الذي يجلس به، كان يمتلك الحجم وقلة الفائدة ولكنه لم يكن مضرا ولا فعالا بل كان مجرد عنصر مهم في القبيلة رجل بين الرجال.

يزيد العدد ويبث الرهبة يشتغل بتربية الغنم وله حماران ويلبي النداء للمساعدة في حرب أو صيد أو

قافلة تجارة، كان يمتلك جسدا قوية وله قوة تعينه وتعين غيره.

هذا الرجل وعلى مر السنوات كانت زوجه تنجب له الفتيات فيقوم بوأدهن، فكانت زوجته تعيش معه سنة وتغادر بيته إلى بيت أهلها غاضبة لمدة سنة، وكلما عادت حملت وبعد ولادتها يقتل ابنتها فتغادر إلي أهلها وبعد فترة من الزمن يجبرونها على العودة إليه.

كان أهلها يجبرونها على العودة إليه لقلة الرزق وصعوبة حالتهم المادية بينما كان هو ميسور الحال، ولكنه عندما تطيل المدة همدهم كان يقطع عنهم المعونة وقد كانوا يعيشون من خيره.

كان كل أهل القرية يرون بأنه رجل جيد ولكنه إنسان سيء لوأده بناته فلم يكن بإمكانه الزواج على زوجته غذ لا يمكن لأي شخص أن يأتمنونه على ابنته، لذا كان ينتظر زوجته لكي ترضى وتعود في كل مرة وكان ينتظر أيضا أن ينصلح حالها وتنجب له الولد الذكر.

مرت السنوات وهذا الرجل على حاله و زَرَيْشَة على حالها والمعطار ينظر لما يفعل هذا الرجل بضناه.

كانت القبيلة بن رخاء وازدهار وأحيانا ظروف مادية قاسية، وكبر المعطار وصار رجلا في العشرين من عمره، ورغم سخرية الناس منه أقرانه والأولاد في القبيلة إلا انه كان يفضل حياته اليوم على ما كانت عليها سابقا في حياة والده وبعد وفاته.

لقد كان يحب زَرَيْشَة ويقدرها ويعاملها بكل احترام وطاعة كانت بمثابة الأم والأخت والسيدة وكل العائلة والأهل له، كانت تمثل له الرعاية والأمان والبيت الدافئ، مالكة أمرة وطاعتها واجب عليه.

ومضت الأيام

عندما أصبح المعطار ابن العشرين من العمر وفي إحدى الليالي التي لا تنطفئ النار من بيت زَرَيْشَة فقد كان عندها ضيوف، وفي وقت متأخر تجاوزت الساعة منتصف الليل بكثير، كانت تلك الليلة ليلة مقمرة ووكأنه ضوء النهار من يضيء الأجواء، خرج الرجال من خيمة زَرَيْشَة.

في تلك الليلة بالذات جاء مع أولئك الرجال رجل لم يكن قد سبق وزار هذه القبيلة، كان تاجرا ثريا وله من الجمال والإبل ما يقارب أن يكون نصف القافلة، كان

المعطار قد اعتنى له بغنمه وإبله بطلب من زَرَيْشَة
التي زكت خادمها ومدحته أمام ضيوفها وكانت تلك
آخر ليلة لهم بالقبيلة.

كان الرجل كريما وقد أغدق على زَرَيْشَة بالهدايا
والخير الكثير، قام المعطار بطلب رأس غنم من
الرجل فأعطاه لأن المعطار يبدو انه كان قد ورث عن
والده حب الغنم والرعي أو كان له طموح بأن يكون له
مال كثير في يوم من الأيام.

وعندما قرر الرجل المغادرة كانت له حمارة قد ولدت
بأرض تلك القبيلة فكان يرى بأن في سفرها معهم
مشقة عليها هي وابنها فأعطاه إياها.

لم يصدق المعطار وفرح بتلك العطية الفرح الكبير،
وقد قرر أن يجعلها لحلب الماء فهي تصلح لذلك وهو
يعاني بعض الشيء لأنه أعرج وبظهره حدبة.

كانت زَرَيْشَة سعيدة بسعادته وضحك عليه لأن فرح
فرحا شديدا بالعطية لدرجة انه قفز رقصا وقبل لها

رجليها وهي كانت تودع الرجال عند باب خيمتها وترسم قبلا على خد ذلك الرجل وترسل له قبلا في الهواء عندما صعد على ظهر حصانه وهم بالمغادرة.

بعد لك بدقائق معدود وعندما غادرت القافلة سمعت زَرَيْشَة والمعطار الصياح والنواح قادما من القبيلة التي كان بها بعض الأضواء ليست بالكثيرة.

وعندما ميزت الأصوات واستمعت بإنصات تمكنت من أن تعرف ما يحدث بالضبط، لقد فهمت الأمر ولم تكن بحاجة لمن يخبرها بحقيقة الأمر.

نظر إلى المعطار الذي كان يحن على حمارته وابنها الصغير، وقالت له:

لابد وأنها مولودة جديدة لذلك البغل سلطان.

لم يرد عليها المعطار الذي كان منهمكا بالمسح على رأس حمارته التي كانت تحن على صغيرها.

نظرت زَرَيْشَة باتجاه القبيلة ثم نظرت إلى المعطار وقالت:

لو كان البغل سلطان يمتلك قلبا كالذي لدى حمارتك لحن على ابنته وحضنها بدل دفنها.

وفجأة رأت الرجل كبير الحجم متجها باتجاهها فتدارت عن الأنظار وبقي المعطار أمام الخيمة مع حمارته.

هدية الصحراء

مر ذلك الرجل بالخيمة ولم تكن مقصده بل كان متجها إلى جبل الصبايا ودفن مولودته كعادته وعاد أدراجه.

في طريق عودته ركل الحمارة حتى أنت وقال للمعطار:

اذهب إلى الجحيم أنت وسيدتك لقد أحضرت معها لعنة وحلت بنا.

لم يكن المعطار يجيبه ببنت شفا ولم يشعر بالظلم يوما عندما كان يضربه خلال عودته من وأد بناته إلا هذه

المرة فكأنما أخذته الغيرة والحمية عندما ضرب حمارته وحزن لأنها تألمت وأنت فصرخ عليه وقال:

اللعنة عليك أنت يا من يقتل بناته.

هم الرجل بالعودة إلى المعطار ولكنه سرعان ما فر هاربا عندما خرجت إليه زَرَيْشَة التي سمعت صراخ المعطار الذي اختبأ خلفها لتحميه من الرجل الضخم الذي فر بمجرد خروجها إليه.

سألته عما حدث فأخبرها بأنه ضرب حمارته، استغربت زَرَيْشَة لأن المعطار رد عليه ولم يتعود فعل ذلك ولكن من أجل حمارته فقد أسمعه ما لم يعجبه.

ثم قالت له:

يبدو أنه بالفعل قد دفن ابنته الثامنة ألا يستحي من فعلته هذه.

ثم قالت له :

هل تعلم يا المعطار لطالما أردت أن أزور ذلك المكان الذي يدفنون فيه الأطفال، ولكن لأنه وفي أغلب الأحيان يمرون من هنا ليلا ولا يمكنني الذهاب لوحدي كما لم يكن لدي دابة اركب عليها.

ضحك المعطار الذي كان هدفه في الحياة تلبية رغبات زَرَيْشَة وتحقيق أمنياتها كما كان يفعل كل الرجال الذي يتعرفون عليها، فهمهم وقال:

حسنا لأنك تريدين رؤية المكان هيا اصعدي على حمارتي هدنة ولنأخذك إلى ذلك المكان أنا اعرفه جيدا لقد تبعته العام الذي سبق العام الماضي واعرفه البقعة التي يحبها بالذات ويمكن أن اجلد لك أين دفها لأنني أستطيع تقفي أثره.

ضحكت وقالت:

هدنة

قال لها:

نعم إنها حمارتي اسمها هدنة وابنها اسمع بلح وسوف يبقى مع الأغنام ويمكننا اخذ الكب إن أردت .

لم تصدق زَرَيْشَة ما سمعته، فأخذت عباءة وضعتها على ظهراها وركبت الحمارة هدنة وساروا مسافة معقولة والمعطار يجر الحمارة المطيعة حتى وصل والى سفح الجبل المنشود.

لقد استمتعت زَرَيْشَة بنزهتها على ضوء القمر على الحمارة البطيئة هدنة وكانت تنظر إلى المعطار الذي تغمره السعادة وهو يجر بها الحمارة.

وتقول في نفسها لقد اختيارا صائبا عندما تبنيت المعطار وضممته لي لقد جعل حياتي أسهل بكثير وهو طيب ويحبني، انه ولد طيب بارك الله له حياته.

وبينما هي تفكر وتكلم نفسها وتنظر إلى القمر الذي يضيء لهم الطريق حتى انتبهت للمعطار وهو يوقف الحمارة ويقول لها:

هيا انزلي يا سيدي لقد وصلنا.

نزلت في ذلك المكان طلب منها البقاء بجانب الحمارة حتى يقتفي الأثر، لقد كان جيدا في ذلك وسرعان ما وجد أثار قدمي الرجل التي مازلت على حالها على الرمال فلم تكن هناك رياح تلك الليلة بل كانت ليلة هادئة مقمرة جميلة.

وما هي إلا لحظات معدودة حتى صاح وصرخ وقال لها:

سيدتي.. سيدتي تعالي وانظري

اقتربت زَرَيْشَة وسألته:

ماذا هناك؟

قال:

انظري هنا دفن الطفلة وانظري هذه عمامته يظهر جزء منها.

سألته قائلة:

هل حقا هي تلك؟

قال :

نعم إنها عمامة فهو يخنق بها الطفلة أو بالأخرى يضعها في فمها.

هل تريدين أن انبش القبر؟

فزعت وقالت:

لا يا الهي لا يجوز فعل ذلك

قال:

يمكنني فعل ذلك هل تريدين رؤية الصغيرة.

قالت:

لا سوف يؤلمني قلبي لا لا أريد ذلك وتراجعت للخلف ونظرت للوراء

ولكن الكلبة التي كانت معهم راحت تنبش القبر الصغير رغم أن المعطار نهاها عن فعل ذلك بل والأكثر من ذلك انه عندما كان يعيد التراب الذي هي تبعده برجليها قامت بأخذ العمامة بفمها وجذبتها بكل قوتها، وفي تلك اللحظة والمر لم يستغرق إلى لحظات قليلة حتى انطبق صراخ الصغيرة من تحت التراب وهي تغرغر.

خاف الاثنان فلا المعطار توقع حدوث ذلك ولا زَرَيْشَة التي التفتت إليه وقالت له:

ما الذي يحدث ما هذا وهي لا تصدق ما يحدث معهم.

حفر المعطار سريعا واخرج الطفلة العارية من تحت التراب الذي كان ملتصقا بجلدها والكثير من الأوساخ لأنهم لم يقوموا بتنظيفها.

كانت الطفلة تشع تحت أشعة القمر أعجبت بها زَرَيْشَة كثيرا وطلبت من المعطار أن يعطيها إياها وهي تتعجب أنها حية مازالت حية.

اخذ المعطار العمامة ولفها على الطفلة وأعطاها لزَرَيْشَة وقال لها:

لقد رزقنا الله اليوم حمارة وابنها وأنت رزقك ابنة أيضا، فهل أنت تريدينها؟

نظرت إليه والدموع تنهمر من عيونها وهي تضع إصبعها في فم الصغيرة التي أخذته ترضعه وسكتت عن البكاء.

قال:

نعم يمكننا فعل ذلك، إنها لنا، اقصد إنها لك والدها دفنها، والأرض ولدتها لك من جديد إنها لك يمكنك أخذها إن أردت.

ضحكت ونظرت يمينا وشمالا ثم قالت له:

هيا بنا نرجع إلى الخيمة قبل أن يرانا أحد.

عائلة بترتيب القدر

عاد الجميع إلى خيمتهم التي كانت نارها مازالت مشتعلة الانوار، فكانت مضيئة من بين كل خيام القبيلة.

لقد أصبحوا عائلة وها هي زَرَيْشَة تحظى بكل النعم وترزق اليوم بالابنة التي لطالما حلمت بها ولم تكن تنتظرها أبدا.

كان المعطار فرحا وسعيدا لأنه رأى زَرَيْشَة تغمرها السعادة بالطفلة كما كان هو سعيدا بالحمارة بالضبط.

لقد كان يسمع نساء القرية وهم يضحكون عليها يعايرونها يعملها وأيضا يعايرونها بالعقم ويقولون كيف تنجب وهي لا سمح الله تفعل الفاحشة إن الله قد عاقبها ولن يسمح لها بأن تنجب فتاة تشبهها.

كان المعطار بعلم بأن زَرَيْشَة تتألم في داخلها رغم أنها تكابر وتدهي بأنها لا تكترث لكلامهن ولكنه كان يسمع بكاءها بالشهيق في ليالي تكون فيها مكتئبة تبلل وسادتها بالدموع.

رزقت زَرَيْشَة هذه الليلة المقمرة بابنة جميلة تشع كالقمر فأطلقت عليها اسم بِتِّيشَة والتي تعني الضوء الأبيض الصافي للقمر بعد الليالي الماطرة بدون تراب ولا غبار في الجو ولا يحب تحجبه.

الخسارة وتأنيب الضمير

وعندما عاد الرجل سلطان إلى بيته لم تمر تلك الليلة على خير بل كانت زوجته في حالة سيئة جدا وقد كانت هذه ابنتها الثامنة التي يحرمها منها.

اشتدت حالتها وساء نفسيتها وأصابها نزيف حتى لفظت أنفاسها الأخيرة قبل أن يطلع النهار.

توفيت زوجته وأنبه ضميره وكان يرى أمها تبكيها وكان يشعر بأن الناس يلومونه ويعتبرون انه قتل بناته وزوجته.

بعد دفن زوجته لم يطق الرجل ما حدث معه، فقام بالتوجه إلى حيث دفن ابنته ليلة البارحة وكان الوقت مساء ولكن لم تغب الشمس بعد.

بحث الرجل في المكان الذي دفن فيه ابنته ولكنه تفاجأ بأن المكان كان يبدو وكأنه منبوش لقد اعتقد بأن الحيوانات أو الكلاب الضالة أو حتى الذئاب قد تكون هي من فعلت ذلك.

بحث كثيرا ونبش الأرض وهو يبكي، ولكنه عرف من أول ما وصل بأنه لن يجد جثة ابنته لأنه عرفت من شكل المكان بأن الحيوانات قد نبشت القبر الصغير وتمكنت من الجثة.

حزن كثيرا وبكى كثيرا ولام نفسه، بكى على بناته وخاصة ابنته الصغيرة وبكى زوجته التي تحملت كلما فعله بها ولكنها ضعفت في الأخير ولحقت ببناتها بدل أن ينعدل حالها وتنجب له الذكر.

بكى على نفسه وقد أصبح أرملا وسف يعايره الناس لأنه لم يتمكن من إنجاب ولد ذكر.

بكى لأنه بقى وحيدا ولا يوجد من يرغب بتزويجه بابنته لقد بقي وحيدا ولن يرى السعادة بعد الآن.

بكى وبكى وسف التراب واغرق سفح الجبل بدموع الندم والحزن وخلال كل هذا كان المعطار يراقبه من بعيد فقد لحق به عندما مر بخيمتهم وقد كان يحرسها كالعادة.

كانت زَرَيْشَة تمتلك عنزة لها توأم، وخروفان وكلبة وحمارة مع ابنها، وهذا ما ساعدها على الاحتفاظ بالصغيرة.

لقد كان المعطار يقوم بنغز الحمارة لكي تنهق كلما مر بجانب الخيمة أحد لكي لا يسمع بكاء الصغيرة أو حتى ضحكها، كما كان يقوم بحلب العنزة لكي يغلي الحليب ويطعموه للصغيرة.

في الحقيقة إن أكثر ما شعر الرجل بغرابته هو أنه لم يجد عمامته فهل يعقل أن تآكل الحيوانات الطفلة فما فعلت بالعمامة، كان قد راوده الشك في الأمر ولكنه لم يكن متأكدا.

لقد راودته فكرة هي أنه ربما يكون قد اخذ الطفلة أحد ما ولكنه لم يكن لا متأكدا ولا يعلم من قد يفعل ذلك.

وخلال عودته إلى القبيلة رأى المعطار يعدو أمامه لكي يصل الخيمة وكان يبدو غريبا وبدا يصدر أصواتا عندما مر الرجل بالخيمة.

لقد راودته الشكوك حول هذا الرجل الأعرج وتصرفاته الغريبة وعندما عاد إلى خيمته لم يطق دخولها فقد كانت كئيبة مظلمة.

خرج من الخيمة وراح يدور في القبيلة مثل المجنون وكان كلما رأى المعطار يكلم الحمارة شد انتباهه.

وبسبب أو بآخر اقترب من خيمة زَرَيْشَة فكاد يجزم بأنه سمع صوت طفل صغير.

لم تكن لديه الجرأة ولا الشجاعة في التقدم من خيمتها ولو فعل لكانت جمعت حوله الرجال فيضربوه ضربا مبرحا أو يعاقبه شيخ القبيلة إن تعرض زَرَيْشَة بأي سوء كان.

بعد أن سمع صوت الطفل شك في أن تكون ابنته ولكن من أين له أن يتأكد من الموضوع قرر أن يجلس بالقرب من الخيمة وان يراقبهم لعله يتأكد وإن تأكد سوف لن يسمح بحدوث ما قد حدث سابقا.

لقد كان ينتفخ من الغضب ولا يعرف كيف ينفس عنه فجلس ليلا نهارا ولم يكن وراءه عمل بعد أن خسر زوجته وكل حياته.

تأكد من خلال تصرفات المعطار الغريبة ومن خلال رؤيته وهو يحلب العنزة أكثر من مرة في النهار بل ويمسك عنها صغارها، سمع صوت بكاء وضحك ونغنغة وغرغرة وما إلى ذلك.

سمع صوت زَرَيْشَة تغني للصغيرة وتنعتها بابنتي الجميلة.

عقاب السماء

استحى الرجل سلطان من أن يذكر الأمر بين الناس فسوف ينعتونه بالمجنون والأكثر من ذلك والأدهى والأمر إن صدق ما يظنه سوف ينعتونه بوالد الطفلة التي تتم تربيتها في بيت زَرَيْشَة ابنتها خليفتها والتي سوف تصبح مثلها في يوم من الأيام.

لم يكن أحد يعلم حقيقة الطفلة لذا لم يكن أحد يمتلك الحق في سلبها إياها ولم يعلم الناس بعد بأن لديها طفلة مهما كانت صلة القرابة بينهما.

عندما لاحظت زَرَيْشَة وجود ذلك الرجل بالقرب منها ساورتها الشكوك في كونه يشكل خطرا عليهم ولكن لقد مرت عدة أسابيع ولم يقم بأي فعل يخيف لذا كان عليها التصرف لترى ردة فعله ولكي تعرف أين حدوده.

أظهرت زَرَيْشَة ابنتها للوجود وأذاعت وسط الناس بأنها رزقت بطفلة أسمتها بتيشة فانهالت عليها الهدايا والتبريكات وامتلأت خيمتها بالعطايا من كل رجال القبيلة ولم يسأل أحد عن أصل الطفلة أو مصدرها إلا النساء التي اشتعلت بهن الغيرة ولم يجدن أمامهن شيء لفعله إلا الحسد والنميمة.

كاد أن يتأكد الرجل بأنها ابنته ولكن الحياء والعيب والعار منعوه من قول ذلك.

جر الخدم الأغنام إلى بيت زَرَيْشَة والأطعمة والفواكه والثياب وكل الخيرات احتفالا بابنتها الجديدة.

شعرت زَرَيْثَة بأن هذه الطفلة هي هدية من السماء وهي طفلة مباركة ولدتها الأرض لها.

وقد جلبت هذه الطفلة السعادة لقلبها والفرح لبيتها والكثير من الخيرات والرزق الوفير.. لقد كانت نعمة حقا.

الموت حسرة وندما

رابط الرجل سلطان أمام خيمة زَرَيْشَة وهو يراقبها ليلا نهارا لا ينام ولا يأكل ولا يشرب، مرت الأيام وأصبح على غير حاله، أصبح نحيلا متسخا، أصبح يمل إلى وصفه بأنه رجل مجنون يجلس يراقب زَرَيْشَة والمعطار دون حراك.

لاحظه الناس واعتقدوا بأنه أصيب بعشق زَرَيْشَة وقد خسر كل حياته فتغيرت ميولاته ورغباته، ولكنه لم يعد

نفس الرجل الأول ولا حضور له ولا حظ في أن يكون أحد عاشقي زَرَيْشَة.

كان يقترب أحيانا من الخيمة ويفر إن رآه أحد حتى أن زَرَيْشَة دعته لدخول خيمتها في يوم بعد أن أيقنت انه لا يؤذي، ولكنه لم يدخل بل على العكس يفر هاربا لقد كان خائفا مما حصل وكان في مرحلة إنكار.

لقد جن بالفعل فكانت كلما أرسلت له زَرَيْشَة ماء أو طعام لا يأكل ولا يشرب بل يسكب الماء على رأسه العاري وأصبحت ثيابه ممزقة متسخة، ولحيته طويلة متسخة.

لقد كان يقضي النهار تحت أشعة الشمس الحارقة ويقضي الليل في مراقبة خيمتها.

كان بقرب صخرة متوسطة الحجم يتكئ عليها حتى وجدوه ذات يوم ميت جثة هامدة بلا حراك فقاموا بدفنه في ذات المكان واعتقدوا بأنه مات حبا في زَرَيْشَة وانه عشقها ومات أمام خيمتها لذا دفن بالقرب منها.

ولكن في الحقيقة أنه فجع لما حدث معه وللم يتحمل خسارته لكل ما كان يكسب خسارته لحياته زوجته وبناته، وما فجعه أكثر هو أن يعلم الناس بأن ابنته حية ترزق وهي ابنة زَرَيْشَة.

لقد أيقن بأنها هي وقد رأى المعطار يلبس عمامته يوما ولكنه لم ينطق ببنت شفا.

لقد أيقن بأن ابنته حية وهي في حمى زَرَيْشَة وكان يعلم علم اليقين بأنه لن يستطيع استعادتها أو سلبها إياها، والأكثر من ذلك لو أخبر الناس لعايروه بمهنة ابنته في المستقبل.

مات قهرا وهو يعلم بأن ابنته سوف تصبح زَرَيْشَة الجديدة وسوف يقصد خيمتها كل الرجال.

لقد وقع المحظور وتأكدت نبوءته التي كان يخاف منها، وأصبحت له ابنة لو عرف الناس سوف يربطون اسمه بها وسوف تجلب له العار.

رغم كل شيء ارتاحت زَرَيْشَة عندما مات الرجل سلطان والد ابنتها، رغم انه لم يكن يمثل خطرا، ولكنها ارتاحت جدا وارتاحت لأنه لم يخبر أحدا بالحقيقة لقد كانت ترى في عينيه وتعرف بأنه يعرف الحقيقة.

وهكذا لم يعد لها أعدا وعادت إلى الهدوء من جديد، وأصبحت أمامها حياة جديدة لتعيشها مع ابنتها.

عادت المياه إلى مجاريها

انطلقت في حياتها الجديدة المليئة بالسعادة، لعبت زَرَيْشَة كما لم تلعب من قبل، فاللعب مع الأطفال لا يشبه اللعب مع الرجال، وضحكت من قلبها رغم أنها كانت تضحك مع الرجال وقد كان الرجال يحبونها حقا ولم يكن في مشاعرهم لها كذب ولا نفاق ولا رياء ولكن الضحك النابع من ضحكات الصغار لا يشبه اي ضحك إلا ما يخرج من القلب مباشرة.

كان المعطار بمثابة الأب للطفلة بتيشة يحملها على

ظهره ويلعب معها ويحملها على ظهر الخروف

والجدي الصغيرة.

ابنة زرَيْشَة وريثة المهنة

مرت السنوات وكبرت الطفلة الصغيرة وكانت كل يوم تصبح أجمل وقد كانت زَرَيْشَة تسقيها الحب والحنان وتغدق عليها بالإطراء والثناء حتى لأبسط الأشياء.

فتقيم لها حفلة لأول خطوة تخطوها وأول سن ينمو لها وعندما تجاوز شعرها أكتافها، إنها مناسبات كثيرة كانت تخترعها زَرَيْشَة لتبث البهجة بخيمتها وكل المكان وتتلقى الهدايا في كل مرة بل أصبحت تأتيها

الهدايا باسم ابنتها التي تشبها من حيث الجمال والأناقة رغم صغر سنها.

فهي لا تكاد تتجاوز الذراع طولا من صغر سنها وهي لازالت تحمل على الأذرع، ولكن لقد ذاع صيتها نسبة لوالدتها الجميلة.

لم يكن لِزَرَيْشَة صديقات في القبيلة لأن الجميع بالإضافة للغيرة منها والحقد عليها لأنها تشاركه أزواجهن إلا أنهن كن يعتبرنها سيئة السمعة لدرجة أنهن لا يختلطن معها لا يوجهون لها دعوة للمناسبات التي تجري في القبيلة ولا يرحبن بوجودها بينهم.

رغم أن هذا قد يولد شعورا بأنها منبوذة ولكن عشق الرجال لها كان يعوضها كل هذا وكانت تشعر بأنها الجمل والأكثر رغبة بين كل نساء القبيلة حتى إن حب الرجال لها يفوق حدود تلك القبيلة.

ولكن من كانت تتردد على خيمتها دائما كانت ثلاث نساء، إحداهن المسئولة عن الحناء والتي تضع الحناء

لكل سيدات القبيلة في الأعراس والحفلات ومختلف المناسبات، السيدة الثانية كانت سيدة تهتم بجمال البشرة والشعر وكانت تقوم بالكثير من الدهن للجسم بمستحضرات وأعشاب تمزجها وقد كانت مهنتها متوارثة ولها أسرار دفينة، والسيدة الثالثة كانت امرأة تجيد تحميم النساء تفرك لهن جلدهن وتقوم لهمن بما يشبه المساج وهذا اغلب الأوقات في الأعراس وللعرائس خاصة ولكن زَرَيْشَة كانت الأكثر حاجة لكل هؤلاء النساء.

فكانت تحظى بحمام كامل بمساعدة المرأة الأخيرة مرة كل شهر والحناء كل مناسبة والشعر كذلك وهي كانت جميلة وتجيد العناية بنفسها، بالإضافة لجمالها ونظارتها وشبابها الدائم وشباب بشرتها، لم تكن مثل باقي النساء، بل كانت تتفوق عليهن بمراحل عديدة.

كانت زَرَيْشَة حريصة على أن يكون أسلوب حياتها أنيقا مرتبا منظما ولا تشوبه شائبة وحرصت على أن

تقوم بتربية بتيشة على هذا النحو من أجل أن تصبح مثلها تماما.

جمال في المزاد

مرت السنوات وأصبحت هناك مزايدات للفوز بالفتاة الجميلة بتيشة وقد تلقت زَرَيْشَة الكثير من العروض عليها، ولكنها لم تنتظر أن تصبح الفتاة خليفة لها.

لم تستطع زَرَيْشَة أن تردع كل هؤلاء المعجبون بابنتها فأصبحت تقبض ثمنا لحبهم لها منذ أن بلغت الطفلة أربعة سنوات وهكذا مرت السنوات.

عندما بلغت بتيشة اثنا عشر سنة وقد أصبحت فارعة الطول وكأنها امرأة ناضجة بل كاملة النضوج كانت جميلة وممتلئة بالجمال والنظارة.

في سن الثانية عشر أصبحت بتيشة امراة ناضجة تتمتع بكل صفات الأنوثة التي في النساء بل وتتفوق على بعض النساء في القبيلة.

حملت وولدت لِزَرَيْشَة ابنة جميلة كانت مصدر بهجة عارمة، إنها أول حفيدة لِزَرَيْشَة.

زَرَيْشَة التي انعم عليها الله بنعم كثيرة وذلك لطيبة قلبها وبراءة روحها وخلوها من الحقد والحسد وكل المشاعر السلبية.

لقد رزقت زَرَيْشَة بخادم كأنه أخ أو رجل البيت لها، ورزقت بابنة لم تحمل بها، واليوم رزقت بحفيدة فحمدت الرب على كل تلك النعم.

حمدت الآلهة على حب الرجال لها ولأن ابنتها كانت تشبهها وتخطف قلوب الرجال أيضا مثل البنت مثل الأم.

بعد ذلك رزقت بتيشة بابنتين جميلتين وولد هو الرابع والأخير من أولادها.

كانت زَرَيْشَة سعيدة بكل اولئك الأولاد وكانت تريد من بتيشة أن تنجب وتملأ لهن الخيمة بالأطفال، كانت تريد أن تصبح لديهم عائلة كبيرة، عائلة خاصة بهم منهم ولهم ولا أحد يتدخل فيهم أو يعايرهم بنقص أو عيب، مثلهم مثل غيرهم.

الحفاظ على النسل لتوارث المهنة

كان المهم أن تحمل ولم يكن المهم لديها مِن مَن تحمل، فكانت موفقة في الحمل ولم تفقد جنينا يوما ولكن كانت أحيانا تظن بأنها قد تحمل لها جنينا ولكنها لا توفق في ذلك، وعلى العكس تماما كانت كلما تأكدت بحدوث الحمل تطير فرحا وتحتفل وتطعم كل الرعاة والفقراء.

لقد كانت زَرَيْشَة كريمة سخية، وتحب أن تسعد الناس عندما تشعر بالسعادة فكانت تعطف على الرعاة وهي تعلم بأن المعطار تغمره السعاة عندما يطعم الرعاة

والصبيان الفقراء وكأنه يرى نفسه فيهم عندما كان صغيرا.

أصبح لبتيشة ثلاث بنات وولد.

البنت الكبرى زعيبيلة:

كانت قصيرة القامة

بدينة

سمراء البشرة

شعرها أسود أشعث يصل حتى الكتف.

البنت الثانية صريبينة:

أما هذه البنت فقد كانت وكأنها من عالم آخر، كانت بيضاء البشرة

شقراء، لها شعر أصفر ناعم طويل يصل إلى ركبتيها،

عيونها زرقاء واسعة كبيرة البؤبؤ.

جميلة عندما تلبس اي لباس وجميلة بلا لباس.

جميلة الوجه، جميلة الجسد، حلوة الكلام وحلوة اللسان

مطيعة ولينة.

كان الجميع يعتقد بأنها جنية لا إنسية، وكانوا يقولون

بأن والدها من الروم

البنت الثالثة والصغرى سيوسة:

هذه كانت تشبه والدتها

طويلة مثلها

وكانت هناك شامة كبيرة تحت عينها اليمنى تتوسط

خدها الأيمن، شامة لم تكن لدى والدتها مثلها.

شعرها ناعم بني وقصير.

الولد قايد:

الولد كان قزما ولم يكن بصحة جيدة، لقد كان مثل

والده فقد أنجبته من رجل قزم.

كانت البنت الكبرى زعيبيلة من بنات بتيشة تشبه قليلا
نساء القبيلة من حيث طبيعة الجسد.

كان هناك رجل من خارج القبيلة يتردد على بيت
زَرَيْشَة كثيرا له شامة على خده اليمن مثل تلك الشامة
على خد البنت الصغرى سيوسة.

فكان هذا الرجل كلما جاء وهو من قبيلة غير بعيدة
يقضي ليلته في بيت زَرَيْشَة ويغادر فجرا.

كان هذا الرجل يعشق النساء فكان كلما جاء إلى بيت
زَرَيْشَة تردد على غرف البنات ثلاثتهم

هذا الرجل لم يكن يطيق البنت الصغرى لكنه كان يستحى من رفضها فكان يدخل مكانها يعطيها بعض النقود ولا يزيد على الخمس دقائق ويخرج هاربا منها لأنه كان يعتقد في داخله أنها ربما تكون ابنته.

ثم يدخل على البنت الأخرى الوسطى فيقضي عندها ساعة من الليل ثم يأتي دور الكبرى والتي كان يحبها أكثر شيء فيقصى كل الليل عندها.

كان هذا الرجل تاجرا وقد كان يعشق البنت الكبرى وقد عقدا من توت الياقوت.

أما البنت الوسطى فكان لا يصدق جمالها فقد كانت كأنها جنية وكان يقول لها لقد جئت فقط من أجل أن أراك عارية فالبسي شعرك، لذا قدم لها حزاما من الذهب مرصع بالأحجار الكريمة.

فكانت صريبينة تتجرد من ثوبها وتسدل شعرها يكاد أن يغطيها ثم تقسمه ثلاثة خصل، خصلة على اليمين وأخرى على الشمال وتترك الباقي وراء ظهرها ثم

تفردهم كالثوب وتتحزم بالحزام الذهب، كانت جميلة بشكل لا يوصف.

وأحيانا كانت تخالف السالفين فيصبح شكلها جميل أو أجمل من ذلك بكثير، لقد كان لها شعر أصفر لامع مع أشعة الشمس يصبح له لون أخضر داكن في الظل.

كان الفرق في السن بين البنت الكبرى والتي تليها 7 سنوات ثم وبعد مرور 5 سنوات أنجبت بتيشة ابنتها الصغرى وبعد عامين أو حوالي الثلاث سنوات أنجبت الولد قايد المسكين والذي كان عليلا على ما يبدو.

تمرد وطاعة ومفارقات كثيرة

مرت السنوات وتغيرت الأحوال ولم يبق حال على حاله، فأصبح من يقصد بيت زَرَيْشَة قد يحمل لها حفنة من القمح، أو دجاجة، أو بيضتين أو ثلاثة بيضات، أو عنزة في أحسن الأحوال ليتم ذبحها وأكل لحمها، أو عشبة من أعشاب البرية أو قستا ناو قطعة قماش ثمينة.

وصد كان هناك حتى من يحمل لهم الماء في المقابل، فقد كان هناك يجل يحمل الماء من الوادي ويبيعه في القبيلة.

ولم يكن لديهن من يحمل الماء فقد توفي المعطار في سن الثانية والخمسون من عمره لأنه كان قد فقد عينه اليسرى ومات متأثرا بذلك فيما بعد.

أما قايد فلم يتم عامه الخامس عشر حتى مات هو الأخر وقد عاش كل حياته عليلا مريضا.

أما بالنسبة للبنات فقد هربت الصغرى بعد أن أقنعها رجل من مكان بعيد أنه يحبها ويريد الزواج بها وأقنعها بأنه خلف تلك القبيلة يوجد مكان ينتظرها لعيش فيه حياة كريمة، حياة تكون فيها هي سيدة نفسها وأنها لن تعمل في البغاء.

ولكن لم يكن ينتظر سيوسة خارج خيمة والدتها وجدتها إلى مصير سيء لم تكن تعرفه ولم تكن تعلم بوجوده أصلا.

هربت سيوسة وهي ابنة الثالثة عشر من عمرها وكان ذلك الرجل الذي يكبرها بما لا يقل عن ثلاثون عاما وعندما وصل بها حيث يعيش اكتشفت بأنه لا ينوي

الزواج بها بل أصبح يحضر الرجال الى بيته ويبيعه جسدها مقال الخمر أو مقابل المال فيشتري الخمر، لقد كان يسكر كثيرا ويضربها.

حتى أنها حملت يوما واسقط لها الجنين بالضرب المبرح على بطنها...

بقيت معه لسنوات ولم يعلم أهلها أين أراضيها حتى هربت منه يوما من الأيام وأصبحت متشردة تشحذ وتطلب الناس القليل من الخبز أو الماء فكان يساومها الأنذال من الذكور على جسدها وكانت تبيعه لتطعم نقسها وتسد جوعها وتبيت للعراء.

أما البنت الوسطى صريبينة فقد أنجبت أربع أولاد ذكور وكانت كلما رزقت بذكر رمته وتخلصت منه لأنها لم تكن تحب الولد الذكر ولكنها احتفظت بالولد الرابع، هذا الأخير الذي ولد بعد وفاة خالها فاحتفظت به لكي يخدمهم ويخلف خالها.

وبعد كل هؤلاء الذكور أنجبت أربع بنات ورثن جمالها وبهاءها وخلفنها ووالدتها وجدتها من قبلها وأخذن المهنة على عاتقهن.

أما بالنسبة للبنت الكبرى فهذه قد أصيبت بالعمى وهي أطول أخواتها عمرا فقد بقيت حية حتى أصبحت عجوزا طاعنة في السن تتكئ على عكاز.

وهي من بين أخواتها لم تنجب ولم تعرف ما هو معنى الحمل والولادة لأن والدتها كانت تعطيها بعض الأعشاب التي تجعلها لا تحمل وذلك لكي تهتم بالزبائن على طوال الوقت دون انقطاع لفترة الطمث أو الحمل والولادة وقد كانت مرغوبة الرجال.

لم تتحمل بتيشة موت المعطار خالها أو والدها الذي
رباها وسهر على تربية أطفالها وقد كانوا يدعونه بأبي
فمرضت بعده وحزنت كثيرا حتى أنها لم تطق سطح
الأرض وهو تحتها فماتت من حزنها عليه ولحقت به
وهي في عمر 37 سنة.

وقد كانت صغيرة في السن ولم تكن حقا في الموت بل
كانت خسارة تحصدها الموت.

أما بالنسبة لزَرَيْشَة فقد أتمت سن ال 67 عاما وماتت
سعيدة بالحياة التي عاشتها وقد تركت وراءها أطفالا

امتلكته يوما وتركت مهنة في أياد أمينة، في أيادي أعطتها لها الأرض يوما تلك الأرض التي لطالما كانت حنونة عليها لدرجة أنها تحتضنها اليوم تحت رمالها الذهبية.

قصائد تصف زرَيْشَة وعائلتها

زرَيْشَة

بيضاء لما يظهر منها للعيون الناظرة

سمراء حيث وجب للسمار في المناطق المستاترة

شقراء حمراء ورداء كبخات دماء متناثرة

رشيقة ردفاء نهداء

فرساء عرصاء

مجتمعة فيها كل خصائص النساء

جنية هي ولكن من بنات حواء

مستقرة في القلوب الحائرة

تستطيع ترويض الرجال الثائرة

برية متشردة غبية بذكاء

حكيمة زاهدة ولها مقام كالأولياء

يزوره الصالحون والأشقياء

تسيطر على الأذكياء والبلهاء

تسحر من وراء النقاء وتسحر بالعراء

فرس برية لا تصح مقارنتها بالحمارة العرجاء

لها عطور فاخرة

وعطر جسدها يتفوق على كل الأبخرة

فهي نفسها كأنها مبخرة

دائمة العبير مزهرة

متفتحة متوردة

راقية في كلامها لا تجيد إلا الأحاديث المتوددة

رقيقة الصوت بحنجرتها تسلب الأفئدة

رحيمة متفوقة على كل الأصعدة

خمر العيون

مالي من عيونك أخمر

والعسل من شفاهك يقطر

يا ساقي الدواء إني كبعير ينعر

يا شافي العلل هل لي بكأس أحمر

السم سكر

اسقني خمرا أو من العسل المتقاطر

هات فمن يدك السم يصبح كالسكر

ومرارة الحنظل تتحول إلى حلاوة البنجر

يا ساحر العقول والأبدان إلى بيتك تنحدر

كانحدار الصخر من قمم الجبال إلى فوهاء البئر

خيمة زريشة

خيمة لها بابان

وكلا البابين مخلوع

جدرانها من صوف وشعر الماعز

والأحمر فيها مطبوع

خيمة كل من رآها ظمآن

ولكل داخل لها رجوع

يا خيمة الحب جئتك ولهان

ومن فارقك أرهقته الدموع

يا خيمة لا ترد الذكران

أمام صاحبتها لا يجوز إلا الركوع

غارت منها الإناث عبر الزمان

ومن عرف حقيقتك بالعشق سكران

خيمة الحب وأنا للحب عطشان

جئتك بفؤاد وقلب موجوع بالعشق ولهان

قلب عابد سهران

بالوجع مسخر مفجوع

خيمة حبيبتي وأنا حبيبك الزهدان

أنا لأمر الحب طائع وكلامه مسموع

جئتك راجيا الحب بدف وأجمل الألحان

أنا في دمائي من الخوف منقوع

يا باب الخيمة مالك دائما مرفوع

وكأن جزء منك مقطوع

....

صاحبة الشامة

يا صاحبة الشامة على الخد اليمين

إن قلبي كل يوم لك يلين ويلين

قد أصبحت نحيلا بعد أن كنت سمين

لا أشتهي غيرك يا هريس التين

عندما أراك أصبح أسطورة وتنين

تبثين القوة في جسدي باللين

ووقع صوتك في أذنيا له رنين

أدمنت حبك حتى صرت تبغا للتدخين

وأنت للرئة اليوم أكسجين

زريشة

أيتها الزبدة التي جعلت قلبي يسيح

مالك معرض، هل قلبك صقيع أم صفيح؟

ألا يعجبك وجه ذو الشامة؟ والشاعر قال عنه وجه
مليح

يا زبدة أذابتني تحت الشموس، فبعيدا عنك القلب لا
يستريح

رجاء قل كلاما للعاشق مريح

أو تعال في حضني لتعيش وتستريح

حورية الجنة

فارس قد همّ على قبيلة حورية الجنة

سمع عنها الكثير والسمع يغري النظر بالتفكير

فارس قد أغار على هذه الديار

من أجل حور الصحراء حورية البحار

فارس قد جاء مما سمعه من مدح فيها وهجاء

إنها سيدة من خيرة النساء

سيدة الأرض وجمالها من أهل السماء

المدح فيها حق والهجاء من غيرة النساء

بيضاء حمراء نعراء ولها من الوصوف

فهي للعين الصفاء والوضوح والبهجة والنقاء

وهي للجسد القوة الشدة والعزم والهواء

وهي للروح سعادة ونشوة ووصول لأعالي السماء

وهي للرجال سباق وتنافس للشرفاء

وهي للشرف مرتبة وراية حمراء

فارس قد وصل بسيف القطع والوصل

بسيفه يقطع الرؤوس

وعلى رأس سيفه يحمل الكؤوس

لا يعرف النكوس

لا يؤمن بالنحوس والعكوس

يقول أصله لسيفه

والبعض يشك في أصله من المجوس

فارس قد هل وفي قلبه علّة

يريد الشفاء أو قضمة من تفاحة حواء

قفار وصحراء لا في الجنة من دونها يرجو البقاء

العشق بالسمع

فارس قد سمع والسمع يشبع حاسة النظر

ولكن اللهفة للجسد واللمس وباقي الحواس

الصبح قد لاح

والفكر يرى في وصلها الصلاح

والليل قد داهم

كلي في عشقها متواطئ ومتفاهم ومن الناس ملام

فهي حق وباطل وملام

فمن ذا الذي في العشق قد يلام

جمال خلاب يسلب الالباب

اجتمعت فيها صفات العرب والعجم

لسان بحلو العربية ينطق

وجسدا بجمال الرومية يحرق

عيون بنار تلهب الفؤاد وماء فيه تغرق

وشفاه كجمر يلسع ويطرق فيطبق

حضورها يذهب العقل وله يسرق

ويطرطق

غيابها يلهب البراكين في داخل العروق ويعتق

السفر إليها

السفر إليها حَجَّة

والسفر للتجارة مجرد حُجَّة

فهي بكل تفاصيلها جنّة

وكل ما تمتلكه من مقومات هي أسلحة وجُنّة

فكيف لمن يراها أن لا يمسه طيف جِنّةٍ

في قربها الحياة جنون

حين الضم والسكون

حين الضحك والغضب عندها له فنون

إن لها صدرا حنون

وخصرا يثير الفتون

حلاوتها كتمر بدهن مدهون

نحيلة وأين تكمن البدانة فيها تجد ما يبهر العيون

في حضرتها أني صبي والعقل مني يتوه

يالي من صبي معتوه

كلما لمحتها حدث لي مكروه

من يفتي لي في حبها فأمري قد أصبح مفضوح

قالوا لي حبها لك مشروع مشروح

وحبك لها حرام فحلال فمتشابهات فمذموم مكروه غير
مكبوح

كيف لي وأين لي ومن ذا الذي يصدقني الشروح

فقلبي مشروح

ولساني مفضوح

وأمري في حبها شعر مصدوح

وأنا شخص محظوظ وشرفي في المقاهي مطروح

ليلا نهارا النقاش فيه مفتوح

كالقتيل بلا قوة أنا مبطوح

لا أكبح الجموح

ولا أداوي الجروح

ذنبي لا مغفور ولا مسموح

ويلي.. بين الناس لا أنا شريف ولا ممدوح

سبحان من خلق هذا الجمال قدوس سبوح

وجعل الحب في قلبي والبوح

الطريق إليك

قادني الطريق إليك

ولم أعلم أنني لاجئ إليك

سألت عنك في كل الربوع

لأنك لك صيت مسموع

قالوا عني شيئا مجنون

حين قلت أنك حبي المصون

لا يفقهون العشق ألا يفقهون؟

الحب لا يرى بالعيون

سألت عنك السدرة والحلفاء

فقالت السدرة أنت أرنبة ملساء

وأضافت الحلفاء أنك مثل بناتها زهراء

سألت الرمال

فقالت أنك ذات حسن وجمال

وجمالك لا يقدر بمال

ولا بألف من الجمال

سألت الواحة عنك

فقالت أن لك ظلا ظليل

ولك طعما حلوا جميل

ولك مجلس كل قلب له في السهر يميل

وأن من يراك يقطع لأجلك ألف ألف ميل

سألت عنك اليرابيع

فالقوا أنك ربة العسل وغدير الينابيع

سألت عنك الذئاب والضباع

فقالوا انك غزالة لا تشترى ولا تباع

ولا يقبل لها ثمن من الذهب ولو ألف صاع

حرة برية شريدة حورية وأمر الشريف لها مطاع

سألك عنك الحجارة

فقالوا انك كالحجر الكريم لماع ولو كان في مغارة

بحثت عنك بكل إشارة وأمارة

فنصحوني بأنك تتهيئين لي إن دوامت على الخمارة

سألت عنك النبيذ

فقال أنك فرح لا يبيد

سألت عنك الشعراء

فقالوا أنك ساحرة قمراء

نعجاء دهماء

ذات سهول خضراء

تراها تنير بنورها حتى في ليلة دعجاء

فهي القمر والنجم والشهاب والنور في السماء

بتيشة

يا ثمرة الجمال

يا بنت الأنس والدلال

عفاك من القيل والقال

فأنت الثقل في المثقال

يا راحة كل فارس وجوال

يا قمة الجبال

ويا ضرب رجلك على الأرض زلزال

يا موطن الحكمة ومضرب الأمثال

يا سليلة العرق يا عرق الدال

زعيبيلة

مال الشعر الأسود أشعث

إني فيك أموت كل مرة وأبعث

أجري وراءك وألهث

لا أستريح ولا أكاد دقيقة ألبث

حتى الغرام فيا من جديد يبعث

يا جمالك الذي بالسم ينفث

أموت وأدمنك وبمقدساتك لا أعبث

أقسم وبقسمي لا أحنث

أقيم عندك ولا اشعر فالكل عني يبحث

وكأنني دهرا عندك لم أمكث

صريبينة

يا أبيض اللحم

لما القماش يخفي؟ يضرب على التلال

ما من عادتك أن تخفي الجمال

وإن نزعت القماش انهال الشعر كشلال

يا اصفر الشمس يا ضوء الهلال

عيونك أبحر واسعات ترمي النظر كقوس ونبال

يا وجه الجمال

وجسد حلال حلال

لكل ذي مال

ولكل ذا قلب لك قد مال

يا شهد اللسان

وعسل الكلام بألوان

يا ذات اللين كأشهى دهن وألبان

يا ريح النعنع ومطاطة اللبان

يا رمرم الروم وعرب الكلم يا عجب الزمان

ما عرفت حقيقتك حتى الآن

هل أنت إنسية أم ابنة الجان

يا ويلي منك أنا والويل لكل إنسان

با حب اللؤلؤ في الأسنان

وعلى الشفة حب الرمان

يا ربيع الفصول ويا ورد الأقحوان

يا مشبع الفضول يا زهر الريحان

يا مروض الفحول يا عازف الألحان

سيوسة

يا قاتل الملل

يا مهجة المقل

يا مغيب العقل

طويل بلا علل

جميل بلا جلل

صورة عن الأصل

غريب هذا المثل

صيت زريشة

ذاع صيتك بين الفرسان

يا فرسا ما شهد مثلك الزمان

ذاع صيتك بين الشجعان

صيت حر لا نار ودخان

يا كنزا مدفونا بين الكثبان

يحرسه جن ومائة ثعبان

يا رملا كالذهب يلمع لمعان

يا عين تراك سرابا تروي العطشان

يا أملس حجر الصوان

مهنة زريشة

تقومين بمهنتك بجدارة

وتتباهين بتلك المهارة

واقفة على الباب ترحبين بحرارة

تهزين الأكتاف والأرداف بفن وشطارة

كل من تقف أمامك من بنات حواء لا ينوبها إلا
الخسارة

لا ند لك بين النساء فأنت في مهنتك قبطان وبحارة

لا صفة لمن تغار منك إلا أنها حمارة

بعيدة كانت أو قريبة أو حتى جارة

بحسنك تفقئين الأعين وتفجرين المرارة

فرس أصيلة أنت وصاحبة مهنة جبارة

لم يكن لمنهتك مثيل ولا لك مشابهة بين الركب
والسيارة

سيدة على العبيد والأحرار وكل النظارة

تؤشرين بإصبع فيجثو لك من كان يأمر بالإشارة

ويح الرجال منك وأنت خمر وخمارة

أنت سكر وكفر وللمخ عَصّارة

تنطقين بالحكمة زبدة الكلام والعصارة

شهية المجلس والمجالس بدونك تتسم بالمرارة

فأنت التمر والعسل والتين والجوز والكسارة

تمشين في تيه أميرة تلبسين تاج الطهارة

تصطادين الأسياد برمشك كصنارة

تفقهين الليل وأسراره

تخبئين الجنة خلف الستارة

وأد البنات

وأدوا البنات ليهربوا من العار فيسلموا

ذنبا قد اقترفوا ومن العار ما سلموا

أحس قلبك أنها قطعة منه

ويوم دفنها لم تتبع إحساسه

هنيئا لك بما اقترفت يداك

ما هربت منه ها قد أنت وجدته

دفنتها بلا ذنب ولكنك لست من يحدد عمرها

هاهي أمامك تزهر وتقطف أزهار عمرها

إلا عيب في زوجة تنكحها

والعيب في ابنة لك هي تلدها

ذكورة قد سترت عيوبكم

الخمر أنت معاقرها

الدعارة أنت رائدها

كل المحرمات تمارسها

تجارة الجمال

مالك من رأس مال؟

رأس مالك الجمال

ألا يفنى الجمال؟

لما هذا السؤال؟

أليس في التجارة خسارة حتى للمال؟

تلك هي نفس الحال

ولا يدوم حال من حال

ودوام الجمال من ضرب المحال

ولكل تجارة مقام ورجال

وتجارة النساء الجمال

إنها مهنة تتوارثها الأجيال

وطمع في هذه المهنة أيضا الرجال

يلبسون الذكورة ويتاجرون بالحرام والحلال

في الخفية والعلن، وما لا يخطر على بال

إنها فنون وهذه التجارة مهارة للضال وابن الضال

سهلة لا رفع للأثقال

ولا حرث ولا حمار للأحمال

وقوف عند الباب كبواب يستر الداخل في الحال

أو حبل يسحب المارة ويغرقهم في الأوحال

تجارة سهلة بكل الأحوال

ومال يتهايل من أرذل الرجال ومن الخيال

فالجمال كنز لا يقدر بمال

وان حسن تسويقه در الأموال

والتاجر الذكي من يجلب الزبون بطرح سؤال

فيغريه ويبيع له ما ظن انه محال

يرسم له أحلام وآمال

ثم يقبض ثمن المنال

ولا يطيل البقاء فسرعان ما تنتهي الآجال

ويجب عليه الانسلال

فالدور لغير بكل الأحوال

Sommaire